시선은 당신을 따라감으로
빛나는 날개를 기억함으로
　　　　　　　　장윤정

어쩌다 떠올린 한 줄에 웃음 짓기를
　　　　　　　　조윤희

나에게 다정하기를
　　　　☺️ ㅣ영

어렴풋이 보이는
　　하나의 마음
　　　　　　최효

꿈은 나를 만들고
마음은 꿈을 만든다.
　　　　　조선권

아주 잠시 동안
　　　　추억은 완벽했습니다

장윤정 조윤희 이영 최료 조성권

장윤정

어깨 위로 쓰러지는 이를 받아내고
유독 어떤 모양새들이 눈에 밟히고
당연하다는 순간에 의문을 가질 때
어김없이 펜을 잡으며 다짐합니다
따뜻한 것들을 쓰겠다고 메말라가지 않겠다고
양분이 되어 고운 흙을 내어줄 것을요

이야기의 힘을 믿습니다
시대를 잇는 시인이 된다면 좋겠습니다

과거와 자연, 사람과 사랑
긴밀하게 연결된
그 아름다움을 노래할까요

instagram   @atty_yun
email   atty2un@naver.com

『지금 이 시간도 누군가의 클래식이 되겠지요』

조윤희

글을 쓸 때면,
올봄 벚꽃 정도에 흔들리던 설렘이
기적을 내며 불어옵니다.

전 글이 좋습니다.
바빠서 어쩌다 쥐어진 낱말들을
훌훌 털어버리더라도 아쉬움이 없습니다.

글을 쓰는 길고 가는 그림자에는 떠날 관계가 없기에
저는 그것 하나에만 집중하여
짜증도 내고 웃기도 하고 울기도 합니다.

그 모든 감정에 이유가 없기에
까닭 모를 감정에 이끌려
그저 그런 저를 열심히 적어봅니다.

펼친 인생에 잠시 꽂은 책갈피,
그렇게 숨어든 인생은 글이었습니다.

instagram   @ mood_geul_

『지나야 그리운 것들이 있다』

이영

빛나는 순간은 모두가 축복할 테니까
쉽게 외면해버리는 아픔을 나누고 싶어요.
이 긴 터널의 끝에 빛이 비추길.
포기하지 말고 끝까지 걸어가길.
주저앉고 싶을 때 잠시 쉬었다
다시 일어나 걸을 수 있길.
가장 소중한 나를 사랑할 수 있기를.

instagram   @leeylll_

email   leeylll@naver.com

blog   https://blog.naver.com/leeylll

『나를 사랑하기 위한 여정』

최료

사랑이 진한 자국을 남길수록

우스운 마음은 불안해지는데

제 손으로 줄 수 없는 확신은

어떤 이별로도 환영받지 못하네

비열한 도로 위 우스꽝스러운 걸음들

그 빈틈 사이 가까스로 살아난 사랑 한 조각

서툴지 말아야지 했던 순간

너무 꽉 쥐어버린 손과 어설픈 마음

터져버리기 일보 직전 기껏 놓았던 시간에

담겨있는 어색한 장면만 쓰다듬고 있었네

괜히 서운해하지 않았으면 하는 바람

기다려달라는 뻔한 소리에 또 쓸릴 피부

가질 수 없는 영구적 사랑의 끝을

순간에 담으려 노력했으나 결국 꾼 악몽

어쩔 수 없이 찰나에 안주하며

모든 끝을 향유할 수는 없는 걸까

instagram   @tri3cr

email   choiryo3tri@naver.com

『장미는 가시가 있고, 나는 시가 읽지』

✝
✝ ✝
✝ ✝ ✝

조성권

일상에 작은 공백을 위한
시
한편은 짧지만
다양한 모습으로 담고
다양한 이야기로 기억에
남았길 바라면서
쓰고 있습니다

instagram   @seongkwoncho
email   frty67@naver.com

『단어의 모험』

+
+ +
+ + +

장윤정

『지금 이 시간도 누군가의 클래식이 되겠지요』

시인의 역할은 무엇인가요
시선을 견디는 일이 아닐는지요
그러려면 다른 이의 시선을 읽어야 합니다
내 것처럼 아파하고
고독하게 싸워야 합니다

시인은 고민합니다
이 작고 소중한 시선을 어떻게 담아낼지
어떻게 해치지 않고 기록할지

확신할 수 있다면 그건
누군가의 경험일 것입니다

2022. 가을 장윤정

클래식은 영원하다

나는 아직도 종이책이 좋고
2000년 대의 가요가 좋고
고전 영화가 좋아서
가을의 전설을 보는데

시간은 발이 달렸는지
날개가 달렸는지
위잉 날아가 언젠가

지금 이 시간도
누군가의 클래식이 되겠지요

그렇다면 인간은 늘
영원의 순간을 사는 걸까요
참 복도 많은 동물이군요

사마귀 연대

이건 진짜 왜 나는 거예요

의사 선생님이 말하기를
같은 거실 같은 욕실 같은 주방을 쓰는데
어찌 옮지 않을 수가 있느냐고
어쩔 수가 없다고

가족은 그런 존재일까
한 덩어리로 연결되어 있어
무슨 일을 해도 함께 책임을 지는 것
아파도 같이 아프고 슬퍼도 같이 슬퍼하며
좋아도 같이 좋아하는 것이라고

그것이 얼마나 진하고 독하면
면역력과 관계없이 들러붙을까 하여
헤아려 본 사마귀 개수
오늘 내 엄지발가락엔 작은 수포 여럿
아마 우리 가족 인원수만큼이나 옹기종기한

투명 꽃다발

봄꽃을 몇 개 심어
화단은 금방 화려해지고
주인은 해가 잘 드는지
마지막으로 확인했다
하루 이틀 지날 때마다
성장이 남다른 꽃송이들
어떤 색인지 알 수 없던 튤립은
금세 분홍 머리숱을 내민다

그녀의 딸이 다가와 물으니
이건 왜 성큼 자라지 않지,
옆에 노란 수선화가 튤립을 가로막았네
주변이 거대하니 삐뚤어질 수밖에
그렇게 보이니 실은
오후 두 시의 뜨거운 햇볕과
매서운 바람과 언제 올지 모르는
빗방울을 막아주는 거란다
이어서 다 먹이고 자란
튤립 하나를 딸에게 쥐여주며

성인이 된 걸 축하한다

향수와 입맞춤은 받고픈
이에게 대신 받으려무나
손안에는 옹기종기했던 흔적
흙도 묻지 않은 채 곧게 자란 튤립이 있다
하지만 그녀의 눈에는 여전히
여린 것과 그 주변을 지키는
노오란 수선화 병정들이 아른거리니

이것이 꽃다발이 아니면
무엇이겠는가

불장난

바다 인근 한 시골 초가집서
작은 전쟁이 일었다
안방에 고이 누워 자는
한 살배기 동생을 두고 벌어진 형제의 난
저가 먼저 피워보겠다고
아궁이 속 장작을 앞다투다
그만 불씨가 옮겨붙고 만 것이다

초가집 옆엔 초가집
그 옆에도 초가집 초가집
초갓집 마을로 이뤄진 산덩이가
금세 벌겋게 일렁인다
아랫마을서 고구마 감자 캐던 부모
쑥덕이는 소리에 허리 펴고
그제야 붉은 파도를 바라본다

곡괭이 집어던져 버선발로 도착한 집엔
이미 축축한 회색 수증기 가득
어딘가 또 옮겨붙는 작은 불씨가 얄밉다

온 동네 사람들 너나없이 물 퍼담아 나르고
하루 넘게 궁둥이 붙이질 못 했다
네 집이 내 집이고 내 집이 네 집이지
무사하면 되었다는 이웃네들
두 꼬맹이 잿빛 얼굴로 잔뜩 얼어있고
한 살배기 여동생 큰 집 장손에 맡겨
응앙 울고 있었다

눈앞에 있는데 왜 손을 못 썼을꼬
어항도 삼삼히 수초가 있는데 산에두
바다가 있었음 좋겠단 어르신 혼잣말에
그날 아이는 꿈을 꾸었다
물고기가 산속을 산책하고 있었다고
정말 저 바다에서 초록빛 심해를 봤다고

야야, 언능 일어나
이불 걷고 소금 받아오니라
니 키만큼 만니 만니,
마른 바다 담뿍 담아서

주먹 만세

그때 그 시절
누군가는 교실에 남아
자율 학습을 했다
뒤통수 너머 들려오는 발소리가
들뜨는 박자만큼이나
반복적으로 머리에 내려쳐진다

그들이 수학여행을 갈 때
누군가는 짐이 될까
어미께 일찍이 고하지 않았다
아무렇지 않은 척 내뱉기까지
얼마나 고된 결심이 앞섰을지

허나 포기할 수 없던 게 있으니
추억의 졸업 앨범 모든 곳에 얼었다면
가만있지 말자 아이들아 정신 차려

열여덟 젊은 노마怒馬는
김밥 대신 수돗물 움켜 먹고
여행지 대신 냇가 바위에 올라
가장 큰 소리로 포효했다

아아아아아악- - - -

두 팔뚝에 보랏빛 힘줄 가득 담아
저곳 아린 기억까지 닿도록
절대로 되풀이되지 않도록
다짐은 그동안의 한을 다 푸는 것처럼
최고로 기쁘게, 인상을 찡그리며

운명 따라 막 쥔 손금 감싼 주먹
하늘에 광광 꽂았다

다슬기 사냥

아이들은 역할이 나뉜다
너희는 고둥을 잡아
우리는 물고기를 잡을게

고둥 팀 엉덩이 냇가에 묻고
고개 숙여 수경 채집통 들여다본다
자세히 보지 않으면 어려워
작은 돌인지 고둥인지
더운 날 바위 안쪽 음지에 착 달라붙어 있는
미끌 비릿한 게 통에 까맣게 쌓이면
그제야 허리 펴고 물고기 팀 볼 수 있다

얼마나 잡았어어-
그물 펴는 이에겐 닿지 않는다
집중하는 힘 대단하니 반대편 입술 돌려보자
쇠망치 바위 치는 아이는 고기가
얼마나 기절했는지 세아리느라 정신이 없다

에잇 고둥이나 더 잡자
다듬고 빼내는 게 더 오래 드니
한 입 주짐버리라두 안 되지만 넷이서

도란도란 까면 금방 한 그릇 채운다

동생은 들깨 고둥탕 끓이러 가고
살도 별로 없는 백 마리지만
가시고기 내장 발라 튀김옷을 입히자
남는 것은 고춧가루 넣고 시원하게
매워 보이는 탕을 끓이자
실지로 이건 맛이 있다 맛이 있어

커버린 아이들은 종종 이렇게 사냥을 한다
짭짤한 고둥 맛 고소한 고기 튀김과
입맛대로 끓인 매운탕 추억을 먹는 것이다
그때만 되면 없던 힘도 솟아나
모두 분주해지는 것이다

어미아비 보고 있나요
우린 이리 잘 지냅니다

사철나무 아래 꽈배기 하나

오빠야 나 저거 묵꼬싶따
배고픈 동생은 꽈배기를 가리켜
마침 돈도 없고 주인도 없다

꿀걱 침을 삼키는 일곱 살
작은 키로 시장 주변 두리번거리고
재빨리 하나 집어 도망간다

네 살 동생은 속도를 못 따라와
헉헉 그냥 여기서 빨리 먹어라
언덕 사철나무에 숨어 있는데
걸리고 만다

다 가려질 거랬는데
오만이었다
사철나무는 키가 작은 상록수
사이로 꽈배기 머리카락 보였을까

그날은 엄마께 무섭게 혼이 난다
도둑놈의 자식을 키웠다며
알몸으로 회초리로 옴팡지게 맞았다

다음 날 도착한 꽈배기 집
질끈 감은 눈 옆엔 엄마 목소리
먹고 싶은 거 다 골라라
부릅떠진 동공에 진열된 빵들이 담긴다

그때부터 가장 좋아하는 간식
꽈배기

시간이 지나도 코끝에 맴도는
땀 냄새 흙냄새
사철나무 엄마 또 기름내

땅

어느 날 운전자와 조수석
우리나라 땅은 넓은 것 같아?
글쎄 비운전자가 보기엔 좀 넓은 것 같은데
운전자가 느끼기에도 사실 넓다

아, 나는 이런 순간을 사랑하는 것 같다
단어의 쓰임이 신선하게 파괴되는 순간
달리 말하는 넓음의 의미
품을 들이지 않아도 확장되는 세계

나 또한 누군가에게 물려주고 싶어
자다가도 일어나 이리도 끄적이고
묵힌 글자를 들어 올리는 꿈을 꾼다

미지의 두려움과 함께
아직 여행할 곳은 많다는 걸

자카르타 수영장에서

고층 아파트 아래
깨끗하게 관리된 수영장
그 나라 하루 중에서도 덥고 습한 날
해 떠 있는 시간엔 도무지
물장난할 깜냥이 없어 남색 수영을 한다

적적하지만은 않았는데
음악을 곁들이면 좋을 것 같던 밤
가만히 다가와 연주되던 기타
언어는 언어일 뿐이었다
처음으로 고양이의 언어를 배웠다
여기서 좋은 추억을 만들었으면 좋겠어
어느 인도네시아인의 휘어진 눈

드문 조명과 라탄 의자 현금 매점
바람에 흔들리던 수영장 물
그날의 정취가 떠오르면
우쿨렐레를 치고 칼림바를 튕기고
깊은 물개 잠수를 하고

노을 산책

그녀는 유모차를 끌었다
주변은 전혀 신경 쓰지 않는다는 듯
당신의 18번을 열창하면서
무언가 풀어버리려고 하는 것 같았다
처음으로 아기의 얼굴이 궁금하지 않았다

뒷좌석의 그를 보았다
그에겐 너무 작은 자동차를 타고서
운전대는 품에 안은 고사리손에 맡기고는
언덕을 신나게 빠르게 내려갔다

그들만 모른다
주위가 흐려지는 효과

사진을 찍으려다
그들의 시간을 방해하는 것 같아
눈으로만 담기로 했다
옆에서 보니 일탈
뒤에서 보니 순수

배경엔 늘
수평선에 걸린 붉은 것이 함께였다

얼마 지나지 않아
도색작업 중인 건물 화가를 보았다
노을을 새참 삼아 껑충이는 두 다리
12층의 마당에서는 줄이 보이지 않으니
공중에 매달린 모습 마치 환상이다

양옆 건물이 그를 지키고 있고
벽을 디디던 발은 사뿐 해를 밟는다
닿는 순간 여러 갈래로 퍼지고
주홍빛 누군가에게 다다른다

앞으로 옆으로 뒤로

어쩌면 숙명이다
빛까지 그리는 일

자전거 안장에 앉아

어쩌면 나는 아직 자전거가 좋습니다
안장에 앉아
그리 높지 않은 세계를 바라본다는 것이

여름 운동 시원한 밤에 해야 제격이니
자전거 타고 동네 한 바퀴 설렁 돌면
골반에 힘주며 똥 누는 개도 보이고
비닐봉지 손에 끼고 기다리는 이도 보이지요

또 옆에서 흡흡하며 뛰는 청년도 만나는데
가까우면 서로 불편할 테니
괜한 경쟁 말기로 무언의 신호를 주고받아요
이곳 도로는 얇아 까딱하면 땀도 닿으니까
그러다 가로등 심심해지면 작열하는
자전거 등을 그의 등 뒤에 살짝 붙여봅니다
뛰는 걸음 무섭지 않도록

어느덧 목표 지점 다가온
청년의 고개 두 팔과 함께 위로 벌어지고
그 모습 끝으로 나 또한 돌아가려는데
어두운 밤 뒤에 오던 버스 불빛이

벽에 하나뿐인 그림자를 만들어 주어요
아까 내가 그랬듯이
밤의 거울을 보여준다는 듯이

그날은 나를 전부 담았고
이 맛에 자전거 안장 다시 앉지요
자동차라면 느껴보지 못하는
가닥가닥 따뜻한 바람과 내리쬐었을 이곳
노을에서부터 아로새겨진 그림자

그 많은 눈 맞춤들을
되짚어보는 일 같은 것 말이에요

월담

소녀가 넘으려던 건 무엇이었을까

학교 정문 위 창살은 보기보다 뾰족했단다
야들한 팔을 관통하고
꼬치처럼 걸려 있을 수밖에 없었다는데
많은 이들의 우려와 달리
표정도 없이 아무렇지도 않게 담담했다고

무엇이 그리 간절해서 꼭 넘어야 했고
나는 소녀에게 어떤 응원을 남겨야 했는지

용접공 와서 철문을 거대하게 도려내도
응급차와 선생 학생 부산스러운 난리를 쳐도
소녀의 표정 군건하게 여유로웠단다

월담
어쩌면 시도 자체가 성공이었을지도

인간 낚시

아빠 손엔 사용하기 싫은 가위가 있었습니다
그 손 누군가는 미치도록 미웠겠지만요
탓해야 하는 건 그 시대뿐이라는 걸 아나요
하루가 멀다 하고 쌀자루를 옮겼다네요
어제는 저 집 오늘은 이 집
그 무게 가장의 눈물보다 무겁진 않겠지만
우리 먹을 쌀을 거의 내줄 만큼
모두가 힘든 시절이 있었답니다

별안간 아버지 웃통 까고 물에 뛰어들었고
옆구리에 나만 한 어린 인간을 끼고 나왔지요
평화롭고 맑던 계곡
빨려드는 유속 밑을 모르던 곳
아이와 아빠의 안경 둘의 운명이 바뀌던 날
둔한 엄마도 내가 빠질 때면 예리해졌지요
꼬르륵 소리가 났다나요

아빠는 남을 낚고 엄마는 나를 낚고
나는 이제 당신을 낚아야 할까요

누에고치 땅콩 같은 것이

가을 이맘때
할머니 댁 가면 보이는
비닐하우스에 널브러진 하얀 누에들

바스락거리는 소리는
내리는 봄비를 닮아 포근한데
사실은 숨 쉬는 곳 따로 있을 정도로
치열하게 뽕잎을 먹고 있다

달의 궤적을 그리는 걸까

누에의 생은
알에서 태어나 알로 돌아가는 것
단칸방 고치 집 짓고
번데기 되어 제 운명 기다리는 것

나방이 되어 생식하고 죽거나
절대로 끊어지지 않는 실을 지켜낸 채
번데기가 되어 삶아지거나

흔들면 쪼그라든 몸체가 땅콩 소리를 낸다

똥 깡 똥 깡

사람들이 기억하는 건 뽕잎과 실
그저 요깃거리 짭짤한 번데기탕과
약간의 찡그린 표정 그게 다인 밤

누에가 먹던 달은 이제 없지만
어떤 이는 옷 입고 새로운 꿈을 꾸겠다

비행일지

아가 새가 비행을 완벽히 한 날
거실 횟대부터 냉장고까지
사람 걸음으로 일곱 번, 처음엔
얼마 못 가 떨어지고 어설픈 착지여도
일단 날고 봤던 날들 있었다

날 때는 긴장했는지 숨을 쉬지 않아
다 착지한 후 몰아쉬는데
그게 그렇게 안타깝고 기특할 수 없다
매일 물 갈고 밥 챙긴 사람은 안다
보인다 그 변화가 미묘한 표정이

시간 지나니 늘 가고 싶어 했던
높은 신발장 위에 다다른 것이다
올라오지 못할 거로 생각한 아가의 성장이
선임 새는 당황할만한 주제일까

이제는 방향을 틀어본다
직진만 하던 날개도 왼쪽 오른쪽
입맛에 맞게 자유로이 비행한다
기술이 늘면 수직상승도 가능하게끔

내려오는 척하다 번뜩 위로 솟구치는 것이다

능숙함은 오래 지켜봐 줘야 할 일
그래도 아직 오랜 비행 힘들다
벌린 부리 안 작은 혀가 할딱거리니
눈 가늘게 뜨고 목 축여줘야 한다
제 박자를 찾을 때까지

새의 시간 푸른 새벽 여럿 뜨면
장애물 지나 갑작스러운 위험에도
알아서 대처하고 다시 날아오를 것이다
꿋꿋하게 보다 안전한 곳으로

만병초

어떤 꽃이든 몽우리 맺혔을 때
가장 예쁘다 합니다
막 피기 전 몽글하게 올라온
순간을 보는 건 꽤 즐거운 일이거든요

오 년 만에 꽃이 피었습니다
낌새를 느꼈었나요

언제 그렇게 햇빛을 야금 먹어
새로운 생명과 고운 색감을 내었는지
고생했다며 하루 거른 분무기 당기는데

숨겨진 빛줄기 보았습니다
물을 뿌리지 않았으면 몰랐을
아주 가느다란 실 무지개입니다

꾸준히 빛이 닿아있었다는 것
모든 게 이해되기 시작할 무렵입니다

시에게

천천히 차를 우리는 일
가진 예민함에 뜸을 들이는 일
비로소 살아있음을 느끼는 일

하나의 진심은 작은 지진을 만들고
그렇게 몇 번 골대를 튕기면
휘어지는 날 아니 올까요

코피도 안 쏟아지던 날들 어디선가
펜에 금 가는 소리 들려오면
나는 물이 바위를 베는 날이
왔다고 짐작하렵니다

그러면 설마, 하는 표정으로
기분 좋아진 눈썹 위로 치켜뜨고
고개를 갸웃거리겠습니다

때가 왔음을 알지만요

인연

나랑 확실히 인연이었던
사람들이 있다

또 돌아가도 만났을 인연
잘 되지 못했을 인연

그리고 아직 그 관계가
끊길 듯 말 듯
계속 이어지는 인연

묻어야 할까
놓아야 할까
품어야 할까

벚꽃, 분홍

기다린다는 건
화나고 걱정되고 아쉽고
결국 사랑하게 되는 분홍이다

어느새 냉기 빠진 바람에
한 잎 두 잎 떨어져
더 아련하고 예쁜 것이라고

완벽하면 그건 벚꽃이 아니다
흩날려야 한다 바람과 함께

난발하여 날릴 게 있을 때
잔뜩 아껴주어야지 담아두어야지

늘 분홍이길 바라는 봄이 있었다
적당히 더운 바람의 냄새가 났다

우산을 씌워준다는 건

마음 젖어버린 지 오래라
곰팡이 핀 냄새를 가려주는 일
강하고 외로운 걸
아무렇지 않게 알아봐 주는 일

사람이 사람을 사람으로서
사랑해주고 싶었을 뿐이다
안아주고 싶었을 뿐이다

어떤 종류의 용기인 걸까
그날 우산 안쪽엔 버섯이 피었다

보드랍고 옹골찬 포자 균이
쇳내 비 비린내 없이 촉촉하게도

아궁이를 지나 인덕션 9

아궁이 앞으로 사람들 모인다

누룽지처럼 짝 눌어붙어서
감자도 찌고 고구마도 찌고
밀가루에 술 넣고 빵도 찌고
두런두런 이야기꽃을 피우고
어예든동 열만 전달되면 되는 거다

으슬한 날 쪼그려 군불 쬐면
뭉근히 따사로워 산모한테도 좋은 그것
나는 인덕션의 불을 하나씩 올린다
일부터 구까지 띡, 띡, 띡, 띡...

빨간색 기계음 빠르다 느낄 때
지나가던 나의 형제 말하기를
뭐 하나씩 올려, 반대로 하면 바로 구인데
배송된 건식 누룽지 물어뜯으며 말하는
저 얄미운 주둥이
가을과 봄의 차이를 알 리 없다

그 세숫대야 단팥빵 1

엄마는 옛날을 회상합니다
물이 귀한 시절 세숫대야에 아부지가
따뜻한 물 한 바가지 퍼오면
누가 먼저 씻을래 물으셨다고요

치열하게 자리를 얻어낸 승자들은
번호를 매기고는 자기 차례를 기다렸다고요

첫째부터 넷째까지
목에 수건 두르고 어푸어푸
거칠고 큰 손으로 얼굴을 씻겨주던 그는
작은 얼굴이라고 나름 조심이었는데
자식들은 과연 알는지 모를 일입니다

엄마는 재연하며 신이 났습니다
거실 바닥에 세숫대야 가져와
이렇게 저렇게 씻김 당했다고
즐겁게 얘기하던 얼굴은
어느새 담긴 물에 가려 보이지 않습니다

이미 깨끗해진 얼굴을 계속 참방참방

말없이 첨벙이는 물소리만 짙어지고
어깨가 불규칙적으로 들썩거리면

나는 그저 가만히 지켜볼 밖에요

그 세숫대야 단팥빵 2

퇴근한 아버지 가방 속 살피면
나오던 손바닥만 한 단팥빵
보물찾기하듯 발견한 그것을

먹어도 되냐고 물어본 뒤로
빵은 선물처럼
늘 그 자리에 있었습니다

단팥빵에 얽힌 사연은
추운 겨울을 통과해야 합니다
살얼음 낀 밥과 반찬을 먹었던 때로
돌아가야 합니다

막노동하던 이에겐 중요한 점심
먹을 곳도 없어 배회하다 겨우 앉아
아내가 싸준 도시락을 열어보았으니까요

보온이 되지 않는 얼음 밥을
와작와작 씹어 먹고 식사를 마치면
한 시진 보랏빛 입술로
온몸을 벌벌 떨었답니다

그렇게 오후에 나온 간식
단팥빵입니다

언제나 그것을 보면 생각나는
좋아죽는 입 모양 있어
오늘도 가방에 툭 던져놓았답니다

너무 추운 날에는
가슴 안쪽에 자리 하겠지요
그 마음 시간이 흐른 뒤엔
누군가의 가슴 안쪽에도 자리하겠지요

위대한 독학

야생 새와 집 새 차이는
천장이 있고 없고

무균한 먹이에 몸 지질 곳간 있어
비바람과 천적으로부터 자유롭나니
배부른 아이에 마냥 나쁜 말은 못 하겠다만

수시로 비행 중일 때
어딘가에는 한계 없다고 알려주지 못했다
고로 네가 어디를 가고 싶은 지도
잘만 찾아온다면야
낮엔 꽃을 밤엔 달을 보라며
일류 돌고 오라겠지만

이대로 너를 실은 바람에
더 적은 체중이 날릴까 찢어질까
음, 음 목젖을 삼켜
맘껏 무서워도 안 되는 거겠지

어미는 집을 짓고 우주를 품고
포악해지면서도 저 닮은 작은 입에 게워내고

그런 어미에 한 생 짝으로
살다 갈 수컷도 토를 해주고 그렇게
누군가를 위한 누군가의 위장을 비우고
날 위한 아가 새의 부리도 켜켜이
같은 진동 일으킨다는 걸 알고 있니

그걸 문득 보고 있자니
온종일 안녕하냐며 밥 먹는 너에겐
그 또한 한계 없는 행위라는 걸
알 것도 같은 거였다

한 번도 가르친 적 없던, 그것을

귀신고래

누가 누구를 관찰하는지 보기 어렵다
모든 시간이 느려지는 곳
태아를 잉태한 두 생명이 만난다
지구 반 바퀴 돌아서 돌아서
따스한 마음은 여기 기온과 같으니
묵직해진 배를 감싸고
움직이는 대지에 뿌리를 내릴 계획이다
수컷은 더 심한 입덧을 하고
왠지 측은해지고 밥 냄새까지 싫다
그건 두 달째 아무것도
입에 담지 않는 고래와 같다
조상은 포획되지 않도록 주의까지 일렀다
다짐은 웅장해지고 누군가는 앞뒤로 토했다
피 냄새가 비릿 다리는 저릿
마음도 어릿해질 즈음, 다시
어깨에 작은 것 끼고 나타난 평화의 향연

손등에 갓 만든 이유식 떨어트릴 때
믿어도 되는 구름인지 한 바퀴 돌자
낑낑거리는 고주파 너 맞는구나
어쩐지 새로운 바다 내음 너 맞네

신비한 양수 출신 서로를 단번에 알아본다
그때처럼 엄마들처럼 각자의 자리서
손과 코의 매끈한 감각을 느낀다
새끼 고래 호기심 넘치는 눈인사
순수한 수정체 맞서는 오동통 발장구
저흰 아직 여행할 곳 많아 먼저 갑니다
유유히 몸 반쯤 숨기고 사라지는 내 영물
어쩜 우린 한 배서 크고 자란 형제같다

바다의 취미

멀리서 온 젊은이 취미는
머리 볶기 문신하기 아니
가만히 불어오는 파도를 타는 것
때를 기다렸다가 몸을 싣는 것
그 몇 초 안 되는 순간을 위해
많은 시간을 기다리고 기다린다
성공한다는 확신도 없지만
그때만큼은 아무 걱정이 없다

부서지는 파도 위 갈매기 취미는
여행객들이 주는 새우과자 날름 먹기
일광욕하기 주차된 차에 영역 표시하기
아니 가장 큰 거울에 자신을 비춰보는 것
그러다 시간 지나면 내 자식 얼마나 컸나
친인척 모두 모시고 와 함께 날아버린다
잘 컸다는 보장도 없지만
그때만큼은 아무 걱정이 없다

가장 건강한 도화지에 영자를 그린다

갈매기 떼 바라보는 노부부 취미는
이마에 딱콩 내고 옆집 순자네로 도망가기
아니 애증의 이곳 다시 방문하기
그들은 여기서 서로에게 이별을 고하고는
입 맞춘 듯 같은 소망을 담아 보냈다
깊은 석양 바다에 꼭 감은 눈과
소원을 함께 전했다
바다는 더는 장난치지 말라며
끝없는 연애의 천극을 답례하니
같은 하늘 같은 날 눈 감는단 희망 없지만
지금 이 순간만큼은 아무 걱정이 없다

기대고 바라고 품고 나니
깊고 넓어 알 수 없던 얼굴이
그제야 양 볼에 옅은 보조개를 띄운다
푸른빛 가득 머금은 윤슬이었다

조윤희

『지나야 그리운 것들이 있다』

시인의 웃음은
사무친 슬픔을 주워
담담한 미소로 대신하는 것

문지기 없는 마음에 들어가
구석진 위로를 쓰다듬는 것

서툰 인생을 편지에 담아
글자에 감정을 싣는 것

기울진 사랑을 두드려
편안한 안정을 선물하는 것

나의 슬픔은 시 뒤에 숨겨
너의 쓰림을 다독여주는 것

2022. 조윤희

바람

바람의 개수를 세어
당신의 머리맡에 데려가
그날의 오후를 불어다 주고 싶다

흩어간다는 것이
떠나간다는 것이

이리 불어와 부딪히는데
아픔에 소리가 없다

작은 너는 그렇게 내게 와
귓가를 간지럽힌다

따뜻하지도 않은 것이
그렇다고 춥지도 않은 것이

선명히 내게 와
봄을 불어준다

골목길

골목 어귀 작은 나무 한 그루,

나이 들어 굽어진 등허리에
새가 앉아 재잘대는데

너는 푸른 잎 오므리고
그에게 그늘을 내어준다

흔들렸던 세월은 변명이 없다

얇고 작은 나뭇가지에도 잎은 태어나니
뿌리 내린 용기에 눈물짓지 말기를

네가 있기에 오늘도 푸르다

면봉

네게 쓴 마음이 닳아
순백하던 얼굴에 생生이 얼룩진다

배냇저고리 한 번 풀지 못하고
깡마른 흰 몸에 희생될 쓰임이 깊다

난
살아갔지만
살아내지 못했다

흑백

흑백의 밤을 화려히 물들인
길가에 핀 꽃들의 향연

봄은 오는데 향기는 아직
새벽을 서성이다 잠들었구나

저마다 색을 잃어
까맣게 번진 꽃잎들

한 가지 꺾어 숨을 들이쉬니
빛을 잃은 꽃도 향기롭더라

시 時

몇 번을 쓰다 지운다

하도 두들겨 너덜거리는 낱말을
구겨져 번져버린 문장을
버리지 못해 쥐어본다

글 한 편이 길러낸
흰 공백의 사치

커진 몸뚱이에 시를 쓰려고 할수록
청춘의 글은 자라지 않는다

작은 시 하나에 나를 숨기지 못하고
끝내 벌거벗은 글을 바라보니

여태 내 삶은
짧은 시 한 편 정도였다

꽃 하나 필적에

꽃 하나 필적에
멈춰진 줄 알았던 시간이 흐른다는 것을 알았다

앙상한 가지들 사이 여백에는 향기로운 것들이 불고 있었다

스물의 선하던 설렘은 작은 민들레 하나였는데
어느덧 먼 산의 푸른 세상으로 꿈을 품었다

속에 쌓였던 고민들은 알알이 터져 꽃잎으로 피어나
바람과 비에 흔들리며 꺾이고 떨어지는 법을 배운다

꽃 하나는 많은 것들과 이별하며

그렇게 매일을

예쁘고 화려하게
오늘도 향기롭게 살아 본다

하늘아

장맛비 어지러이 여름을 붙잡고
홀연히 바람에 기대 흩날린다

기운 우산에 설렘이 젖고
나란히 여름 길을 첨벙일 때

빗소리에 선율이 출렁이고
바빠진 발재간에 흥이 오르는구나

하늘아,
너에게 갔다가 사라진 것들이
참으로 많겠지

너를 등짐 지고 떠나는 빗물들을
그럼에도 사랑해주어 고맙다

첫 고백

새벽에 누워 웅크린 밤

아직 푸르른 하늘에
배부른 달 하나 비스듬히
진한 작별에 머물러 있다

과식한 사랑에 체했는지
하늘이 창백하구나

어제 노을이 지길래
너의 뺨도 붉게 익은 줄 알았다

그날의 고백은 내게
설익은 사랑이었다

배가 고픕니다

어릴 적 웃음에 배불러
익숙한 그 맛이 지겨웠습니다

날카로운 말투에 맛이 들어
당신의 사랑을 편식했습니다

이제 어느덧 나이가 차니
배가 고픕니다

내 배를 어루만지던
따뜻했던 손길이 그립습니다

부스스 눈 뜬 아침에
모락모락 뜸 들이던
담백한 인사가 그립습니다

너무 늦은 안부에 미안합니다
보고 싶었습니다

품

곁을 내어주어 다가앉고
어깨에 묻은 차향에 눈을 감았다

여름 어느 4시의 온도
그 정도의 품이 따뜻한 날

두 볼의 홍차가 발그레하다

찻잎이 다녀간 여운에
붉지만은 않은 사랑을 음미해보니

우려낸 사랑은 한없이 가볍구나

그 정도의 무게에 난 너를 끌어안았다
사라지지 않게, 잠기지 않게

폭포에게

강한 햇살에 속은 타는데
마음 하나 채울 줄 몰라
여러 물길이 방황하는구나

눈부신 반가움이
이리도 아픈지 알았더라면
난 사랑에 눈 감았을까

여름이 떠나가는 소리가
이리도 매서운지 알았더라면
난 봄을 사랑했을까

매일 떨어지는 아픔을
변명 삼아 너를 후회해본다

야경

야경의 불빛이 태어났다

해의 뒷짐에 숨어
갓 핀 불빛을 웅얼대더니

무거워진 머리를 밤에 기대
연신 반짝인다

새까만 세상에 너의 탄생은
어둠이 두려운 달의 엄살일까

속절없이 부둥켜안는
야경의 따뜻함이 새근새근 잠든다

미소

나의 입가는 적잖이 무거워
서투른 미소에도 많은 노력이 필요하다

넌 떠오른 달 뒤로
모난 하늘을 깎아 둥근 밤을 보내지만

난 저문 해를 놓지 못해
붉은 석양을 늘어뜨린다

눈을 감아 빈 하늘 덮어보니
너의 화려함도 어둠 앞에 초라하구나

기차 안에서

안녕,
당신 없는 자리에
오늘의 내가 머뭅니다

아직 남아있는
늦여름의 풋내에
멀미가 나는 듯합니다

춤추듯 허둥대는
어느 날의 풍경 사이
기억할 이 없는 광활한 정경

하늘 위 하얀 나그네
그 유유한 이끌림에
기차는 한동안 두근거립니다

사랑은 묵묵히 잊히기에
오늘의 기차는 사랑하지 않으렵니다

무념의 아쉬움이 되어
이곳을 떠나렵니다

안녕

이런 날

가끔은
사랑에 무관심이 있기에 예쁘겠지

가끔은
파묻은 책 속 평범한 문장에 설레듯

그런 오늘
나는 노을 냄새만 맡아야지

가득 늘어지고는
하늘의 자리를 잠시 내어
보고 싶은 사람들로 물들이는

유난히 이런 날,
하늘의 주름에 낀 노을 사이
녹슨 세월 너머 네가 보고 싶다

비 오는 날

내리는 것이 덧없이 하얗고
담기는 것이 한없이 투명한

발에 채는 빗소리가
나를 재워 선잠이 듭니다

우산 끝 매달린 여름 한 방울에
싹 트던 푸른 잎의 갈증을 적시고

떠나온 꿈결에 자장가가 되어
편안한 휴식이 되어주는

차갑고도 따뜻한 그날의 비가
내게 안도를 안겨 줍니다

이별

광막한 바다,
그늘 하나 없는 그곳에
네 이름 띄우려 한다

가라앉은 마음 위로
파동이 일렁이고
푸른 멍이 든다

그렇게 난
발자국 없는 이별을 유영했다

한때 파고들던 사랑도
물결 되어 떠내려간다

난 늘 보낸 후에야
사랑을, 사람을 뒤돌아보는구나

가을 시

낙엽 냄새 풍기는 책을 넘긴다
너에게도 가을이 찾아왔다

황금 들녘의 금빛 살결이
너의 페이지에 닿아 손 흔든다

바람에 따라 흔들리는 그림자 너머
살짝씩 내비치는 추억의 글들

내 가을의 글에 네가 물들었다

한낱 정이라는 것

한낱 정이라는 것은
이름 하나 없어서

너 하나 부를 방도가 없다

해의 붉은 여운에
혹시 내게 놓고 간 정이
하나는 있을까 하여

후회에도 밤이 있다면
혹여 돌아올까 하여

밤새 태운 기억이
지쳐 기댄 자리에서
난 환기되지 않은 마음에 연기만 내뿜는다

그렇게
잠시 흐릿해진 눈앞에도
역시 너는 없었다

섬

바다의 손 위로
조심스레 올려진 섬

지난밤 두고 온 달이 그리워
그 핑계 하나 쥐고 울어본다

바람에 등대 불빛 어리고
돌아오지 못한 배들의 눈물 자국이
모래에 쓸려 쌓여간다

섬아, 외로운 것이냐

이 밤의 새소리가 고요하듯
오늘의 내가 그러하듯

가뭄

갈라진 마음에 틈이 가득하다

오래도록 목말랐을 관심이 이젠 황량하기 이를 바 없구나

억센 길에 난 상처 하나 붉지 않아
그 누구도 알아주지 않고

들풀에 난 희망도 푸르지 않아
먼저 온 가을마냥 쓸쓸하기 그지없다

한때 윤슬이 물결 지던 삶에 찾아온 가뭄은
찬란했을, 찬연했을 청춘을 그리워했다

묵념

하늘의 이불이 무거워
잠을 좀 뒤척일 것만 같았다

지평의 들꽃이 눈짓하기에
너의 밤은 선명한 줄 알았다

내 밤은 작은 창문 하나인데
옅은 달빛에 질투가 난다

밤하늘에 별이 피고 지는 건
어제 떠난 구름을 추모함인가

새벽이다,
난 눈을 감아 너를 묵념한다

가을나무

움츠러든 나뭇잎을 보니
겨울이 곧 오겠구나

미안하다
고작 1년을 버티지 못하고
또다시 너를 놓는다

한 번 쥐어 준 붉은 사랑을
넌 누구에게 베풀려 하느냐

사랑이 절박한 어느 이에게 떨어져
찰나의 낭만을 주고자 하느냐

구겨진 인상에도
아직 행복은 남았는지

떨어진 낙엽에 웃음소리가 배어있다

전하지 못한 낭만에
외로워하지 말아라

너의 존재는 내게
아직 따뜻한 웃음이었다

유리잔

어차피 흐르는 마음이었다

그리움에 마를 날이 없지만
사랑에 젖어가는 기쁨이 찾아왔다

투명한 겨울 하늘에 잠겨보니
옅은 반짝임도 눈부시게 아름답구나

살랑이는 햇빛이 불면
네가 온다 생각해야지

향수

보이지도 않는 것이
왜 이리 나를 붙잡는지

불쑥 나타난
살가운 향기가
너의 이름을 대신했다

금세 도망칠 아쉬움이
짓궂게 꽃을 피우더니
바람에 숨어 내게로 온다

또 떠날 거면서
선명한 희망을 남겨둔다

가득 찬 공허가
내게 스며든다

작고 하얗게

기찻길

낡은 발길 겹겹이 쌓여
걸어온 세월 두툼하다

소외된 마음이 찾아오는 곳
외로운 동쪽 새 울다 가는 곳

너는
온몸 밟히는데
묵묵히 삶을 내어준다

땅에 맞댄 희생은
알아주는 이 하나 없구나

겨울의 새벽

새벽 한 시,
난 이 시간을 사랑한다

마른 가지 얼어붙어
재채기 소리 부스럭거리는

보이는 것들이
겨울의 온도를 닮은

보고 싶다는 중얼거림이
유일한 목소리를 내는

난 그러한
밤의 뒷모습을 사랑한다

카페

차가운 커피잔을 지긋이 바라보던 햇살에
부끄러운 물방울이 옹기종기 모여 촉촉하다

몇 모금 네 이야기 마셔보니
금세 빈 잔이 되었구나

조용히 가미된 음악은
적적하던 감정을 지휘하고

나누는 소식엔 관심을 곁들여
작은 눈빛에도 이목을 이끈다

난 어느 햇빛 좋은 날,
너와의 설렘을 천천히 음미했다

사라져가는 겨울에게

겨울,
미완의 풍경.
사이사이 비워낸 옷 틈이
그리 하얗고 깨끗한 속살은 아닐 테지

한풀 꺾인 추위 곁에서
칙칙하고 텁텁한 흙더미 위 눈밭은
그리 예쁘지 않을 테니.

사라져가는 계절과
피어나는 계절의 행간은
그리 멀지 않으나

꽁꽁 여민 마음은
아직 추운지 더욱 웅크렸다

난 흩날리는 눈발이 되어
이곳을 떠돌고 싶다

영원한 겨울이 되어
네 곁에 있고 싶다

푸념

한 잔의 푸념에 취한 어깨

오늘따라 이 길에
잠시 멈춰 쉬고 싶다

부서진 달 아래
잊히는 구름
멀거니 바라보니

간절했던 시간의 끝에
나 홀로 남겨져 있다

세월에게 배운
변화를 지나치는 법

오늘 지쳐 웅크린 그대에게
멈춰도 된다 말해주고 싶다

길의 끝에서 고개 숙인 햇살은
당신의 뜨거웠던 하루를 기억한다

누군가를 떠나보낸다는 것

한밤중 눈을 떠 공허히 창을 바라보는 것
등불에 꺾인 그림자에 네 눈동자를 떠올리는 것

밤마다 후미진 골목 서성이는 것
마른 흰 꽃잎 버리지 못하고 사진에 끼워두는 것

입가에 부를 이름 하나 묻어두는 것
네 등 뒤로 눈물 아껴 여운 하나 피워두는 것

행복을 뒤늦게 깨닫는 것
그렇게라도 웃어보는 것

봄이 그리울 겨울에게

밤비가 젖어가고
고립된 공기는
겨울 내음 속 숨은 추위를 들이쉰다

겨우내 갈라진 마음 사이
그것도 상처라고
가득히 붉게 채우는데

동백꽃의 순정인가

봄이 그리울 겨울에게
찰나의 꽃은 피어났다

난 가끔
이런 계절의 허술함이 반갑다

찬밥

겨울의 쌀알이 흩날립니다

누구에게 귀한 거름이 되려
저리 바삐 발을 옮기는지

아침나절의 물음이 발자국에 묻혀
저녁 하늘은 꽤 굶주렸습니다

하늘의 흰 고집일까요

눈의 소박한 한 그릇 온정에는
그 흔한 온기가 없습니다

식은 마음에 사랑이 없듯이

찬밥에 씹히는 외로운 소리
참, 허하다

그믐달

조금은 쓸쓸하여
잠들던 그믐달에
외투 하나 걸었어요

혹시 당신도 그러하다면
잠시 걸쳐 따뜻하길 바라요

아슬아슬 매달린 외투는
계절이 익어갈 때
가장 쉽게 녹아 물들겠죠

밤은 아직 위로를 몰라
등지고 눈을 감네요

괜찮아요
외투 든 당신의 손은
나를 안아주기 충분하기에

고민

애저녁, 서두른 둥근 달
한 알의 사과로 익어 탐스럽다

수북한 잔 생각
비를 내려 씻을까

움푹한 잔 상처
너를 벗겨 잊을까

찰나의 청춘에
숱한 노을이 물었겠지

서른의 너는
어떠한 대답을 하고 있을까

그날도 저 달은 예쁠까

잠

또다시 밤이 왔다

그 따뜻한 끌림에
눈꺼풀이 서서히 감긴다

졸린 기척을 받아들이고
잠에 둘러싸여 보니

밤의 속삭임도 꽤 포근하다

난 나른한 선잠을 깨어
달이 훔쳐보던 창을 내린다

떠오르는 모든 낱말이
꿈속 당신만을 향해 있도록

우리가 적어간 소박한 행복을
겨울 달빛 위에 올려 잠을 청한다

깊숙한 꿈에서
예쁘게

풍선

길 잃은 별을 바라보며
풍선에 꿈 하나 불어본다

붙들지 못한 꿈들은
손을 놓아 포기를 배운다

꿈꾸던 젊은 날의 엄마는
나라는 꿈을 불었을까

어리숙한 삶의 단편에
나의 여린 숨을 채워
당신이라는 꿈이 되었을까

부푼 삶은
때론 놓아줌에
하늘이 아름답다

손수건

익숙하고도 낡았던 손때 묻은 정情을 버리고
희미한 순면의 포근한 품을 샀다

하늘에 넌 달 하나가 보얗게 채워질 때
금세 적셔진 짠 눈물의 향이 먼바다에 퍼진다

어쩌면 난,
차가운 바닷바람을 등질 당신의 곁이 필요했다

지나야 그리운 것들이 있다

지나야 그리운 것들이 있다

손때 묻은 그곳에
질긴 추억 하나 채웠는데
그 잔상이 마중 나온다

하늘도 별에게 자리를 내주어
저리도 넓게 감싸는데

세월의 그리움은 시간에 쫓겨
쉬이 머물지 못하는구나

여운 한 잔 찻잔에 머물고
그 향이 나를 괴롭힌다

떠나고 나서야 미련을 알았다

책갈피

가슴에 품었던 길눈 어두운 이름,
그날에 머물다 길 잃었나 봅니다

시나브로 책 표지에 번지는 이름,
우리의 잉크는 많이 묽었나 봅니다

고운 책갈피 걸쳐 펼치려 하였으나
반듯한 표지가 꺾여 많이 부었습니다
내게 당신은 과분했나 봅니다

낮에 물든 검은 하늘에는 미련이 없기에
오늘 내 글은 담담한 밤이 되려 합니다

이영

『나를 사랑하기 위한 여정』

휴가 잘 보내고 계신가요.
휴가는 진즉에 끝나고 일상으로 복귀해
주어진 삶을 살아가고 있는
누군가의 삶도 궁금합니다.
지금은 아무런 힘이 없어
손가락만 움직이고 있지만
이 휴가를 마무리 짓는 날도 오겠지요.
그때는 우리 마주 앉아
그간 하지 못했던
안부를 나누고 싶습니다.
잘 지내셨습니까.

2022. 가을 이영

리미티드 에디션

생일 축하해
넌 이 세상에서
가장 소중한 사람이자
우주에 단 하나뿐인
리미티드 에디션이야

반려묘

무슨 말이야
다시 한번 말해줘
미안해
10년을 함께하면서도
네 말 한마디 이해하지 못하다니
다른 때는 몰라도
아플 땐 아프다고
해줬으면 좋겠는데

네가 아플 땐
내 마음이 무너지는 것 같단 말이야
그래 고마워
내 마음 알아주는 건 너 뿐이야
나랑 오래오래 친구 해줄 거지
카르핀
이제 밥 먹을까

만족하는 삶

만족하는 삶이란
허허하며 가벼운 웃음을
지을 수 있는 하루가 아닐지
생각지도 못한 선물을 건네받았을 때
우연히 만난 당신과 내가
아무런 해함도 없는 말을 주고받을 때
당신을 인정하고 싶은 칭찬을 건넸을 때

우리는 어쩌면 큰 걸 바라면서
커다란 행복이
내게 오길 바라면서 사는 게 아니라
누군가의 가벼운 칭찬 한마디에
우주를 얻기도
나의 작은 날갯짓이
당신에겐 커다란 행복을
가져다주기도 하는 걸 보면 말이다

주저앉고 싶을 때가 있다

종일 일을 하고 퇴근 후
허겁지겁 머리를 자르고
사야 할 물건도 샀지만
너를 만나지 못한 길에
네가 일하는 곳 근처를 배회하며
시간을 보내기도 했으나
너를 만나지 못하고 돌아오는 길에
그렇게 주저앉고 싶었다

누가 봐도 상관없다는 듯
다리에 힘이 하나도 들어가지 않아
꾸역꾸역 먹은 밥처럼
가슴이 꽉 막혔지
내게 사랑은 아지랑이 같아서
잡으려고 해도 잡히지 않고
그저 네가 알고 싶었던 건데
그것조차 내겐 허락되지 않는군

해도 괜찮아

이왕이면 잘 해내고 싶었다
그 마음이 앞서다 보니
시작을 할 수가 없었고
좀 더 준비되고 난 후에
좀 더 괜찮아지면

완벽한 사람은 없다
서툴더라도 해보는 것
모르면 물어보고
어려우면 도와달라고 손을 내밀어
해나가면 된다

과거의 나에게 해주고 싶은 말은
내가 생각하는 것만큼
나쁜 결과가 되는 것만은 아니니까
해보자고
해도 괜찮다고 말해주고 싶다

한계

한계는 스스로 정하지 말아야지
조금 더 가볼까
더 가려고 했던 것 같은데
조금만 더 조금만 더
결국 자신을 가로막는 건
스스로 정해놓은 한계가 아닐까
다 겪어보지 않았으면서
몇 번의 경험치로
판단해버리다니

우리는
넌 절대 할 수 없다고
말하는 사람들에게
오래 걸리더라도
보란 듯이
그걸 해내고야 마는
사람일 수 있다

이별

차갑게 돌아서는 남자
그 자리에 서서 숨죽여 우는 여자
넌 얼마나 대단한 사람이길래
사랑하는 여자를 울리고
돌아서서 갈 수 있냐고
대신 뺨 한 대 갈기고
우는 여자 손 잡고
돌아서고 싶었다

찰흙

널 좋아한다는 이유로
날 함부로 대하지는 마
마냥 웃고 있으니까
아무 생각 없나 싶겠지만
내가 너 어릴 때
가지고 놀았던 찰흙은 아니잖아
네가 날 찰흙으로 대하는 순간
손가락 사이로 흐르는
모래가 될 테니까

별거 없구나

행복 별거 없구나

사랑하는 이에게 연락할 수 있는 것
우연히 좋아하는 노래가 흘러나올 때
걷다가 올려다본 하늘이 예뻐서
눈을 뗄 수가 없는 것
그러다 점점 걸음이 느려지는 것
쉬고 싶은 만큼 쉬었다가
따뜻한 물에 샤워하는 것
좋아하는 향 하나를 피우는 것
가끔은 친한 친구에게
걸려 온 전화 한 통을 받는 것
좋아하는 가수가 꿈에 나올 때
포기하고 싶은 마음 다독이며
아직 이 삶을 놓지 않을 때

행복 별 이구나

사랑하는 아버지

사랑하는 아버지
비 내린 어제와는 달리
화창한 날입니다
지금은 이 상황이
비가 오는 것처럼 불편하고
대체 이 비는
언제 그치나 싶겠지만
오늘처럼 쨍쨍한 날도
금방 오네요
곧 해가 비출 것이니
걱정은 조금 내려놓고
초여름에 잠시 내리는 비라고
생각하면 좋겠습니다
오늘도 제 생각하면서
행복만 하세요

동물원

동물원에 가기로 약속했었어
약속 시간이 지났는데
넌 아직 오지 않았지
얼마가 지났을까
저 멀리서 뛰는 네가 보인다
가쁜 숨을 고르는 너의 양손 가득
도시락이 들려있어

천천히 걸으면서
이런저런 이야기를 나누었잖아
벤치에 앉아
네가 만들어온 도시락을 먹었어
그땐 너의 마음과
진심을 다 알지 못했는데
지나고 나서야 그게 보였어
나에게 도시락이 아닌
모든 걸 해주고 싶었던 너라는 걸

기다릴게

네가 가진 것들
네 겉모습만 보고
함부로 다가오는 사람들
전부 그 사람이
잘 못 했다고 말하고 싶다
너에게 상처 주는
그 사람이 나쁜 거라고
넌 아무 잘못이 없다고

그동안 참아왔던 눈물
내게 다 쏟아내어도 좋으니
여기서 너를 기다리겠다고
말을 하고 싶어
난 네가 뻗으면
닿을 수 있는 거리에서
오래도록 서 있을게
천천히 와도 좋아
천천히 와도 좋아

짝사랑 전문

넌 짝사랑 전문이라고 했던가
네 생각을 너무 많이 해서 그런지
머리가 아팠어

문득 이런 생각이 들더라
다행이다
나도 지금은 널 짝사랑하고 있으니
너와 같은 걸 겪은 거라고
네 마음을 조금은 알 것 같다고

우린 소중한 걸
공유한 사이 같아서
기분이 좋아졌다

달이 참 예쁘다

새벽에 산책하러 나왔다가
문득 하늘을 봤는데 달이 떠 있더라
동그랗게 뜬 달이
나와 아주 가까이 있다는
느낌이 들 정도였어
어느 드라마에서 보니까
일본 사람들은
직접적인 표현을 잘 쓰지 않아서
사랑한다는 말을
달이 참 예쁘다는 말로 대신한대

새벽은 늘 긴장하고 불안한 나도
조금은 그 긴장을
놓고 싶은 시간이라
어쩐지 그래도 될 것 같아서
새벽에 너와 같이 걸으면서
하늘을 바라보고 싶어
마침 하늘에 달이 떠 있어서
달이 참 예쁘다고 말하고 싶어

흰색 운동화

분명 새하얀 너였는데
언제 이렇게 때가 묻은 거야
회색이 되어가잖아
온갖 먼지와 흙 때문인 거야

내 마음도 너처럼
언제 이렇게 때가 묻은 걸까
회색이 되어가잖아
온갖 상처와 말 때문인 거야

먼지를 툭툭 털어버리고
묵은 때를 벗겨버리자
굳을 대로 굳어버린
얼룩을 씻어내는 거야
말끔해진 봄의 향기를 입고서
우린 섞여도 그대로라고
영원히 흰색이 되자고

이어폰 줄

꼬여버린 이어폰 줄을 풀었다
엉킨 실타래를 풀 듯
한 줄 한 줄 풀어나갔지
그리 큰 인내가 필요한 것도 아니었고
어떻게 풀어야 할지
눈에 보여서 어렵지가 않았다

인생도 이와 같지 않을까
아무렇게나 꼬여버린 줄이
깊숙한 곳에 있는 것만 같아
엄두가 나지 않았었는데
줄을 풀 듯 천천히
풀어나가면 되겠다

하나씩 풀어가다 보면
어떻게 풀어야 할지
얼마큼 풀려나가는지도 보일 거라고
엉켜버린 내 마음도
머지않아 풀릴 것임을

오느라 힘들었지

언젠가 우리가 만나기로 한 날
내가 아주 오래 길을 헤맨다면
어떻게 할 거야
답답함을 이기지 못하고 전화를 걸까
말없이 나를 기다려줄까
보자마자 짜증을 부릴까
그냥 그런 생각이 들었어
너는 어떤 반응일까 하고

우린 이렇게도 오래 헤매다
이제야 겨우 만났는데
난 너한테 짜증 안 부리고 싶어
도대체 언제 나타나는 거냐고
재촉하지도 않을게
우리가 만나기로 한 건 변함없는 거잖아
그냥 횡단보도 건너 너를 바라볼게
손을 흔들고 미소를 지어볼게
오느라 힘들었지 가자 이제

이사

이사를 했다
생활반경이 좁은 나는
늘 다니던 길로만 다니는 사람
골목이 다 똑같아 보이는군
아무리 걷고 걸어도
미로 속에 혼자 갇힌 느낌
아까 이리로 들어왔는데
꽤 들어온 것 같은데
왜 똑같은 길이 나오는 걸까

미로 속에서
난 네가 떠올랐어
집을 찾지 못하고 헤매는 내가
너에게 닿지 못하고
이렇게 헤매고 있구나
너에게 가는 길은
주소조차 모르는구나
그래서 나는
영영 헤맬 수밖에 없구나

벚꽃보단 가로수

모두가 화려하게 핀
벚꽃을 바라볼 때
앙상해져 버린
가로수를 바라봐주고 싶었다

가을에는 분명 너도
붉은 단풍을 갖고 있었을까
추운 겨울 네가 품고 있던 잎들을
하나둘 보내는 심정은 어땠을까
아주 아팠을까
속 시원했을까

아무도 바라보지 않는 너를
들여다보고 싶다
벚꽃처럼 예쁜 꽃을 피우지 않아도
있는 그대로의 아름다운 모습을
너의 아픔을 들어주고 싶다

너에게 묻고 싶다

너에게 물어보고 싶다
오늘 하루는 어땠어
어떤 기분으로 아침을 시작하고
누구와 어떤 주제로 이야기를 나누었을까
아침을 거르는 습관은 계속되고 있어서
늦은 점심을 먹었을까
오늘의 기분으로는
어떤 게 먹고 싶을까

조금은 웃으며 지냈을까
바쁘다는 핑계로
너의 몸을 뒷전에 두진 않았을까
어떤 사람이 너를 힘들게 하고
화나게 했을까
하루를 마무리하고 나면
편히 잠들었으면 해
너를 누구보다 아끼는 내가
여기서 이렇게 기도해

초

작은 불씨조차 되지 못했다
어떤 사람이 되고 싶었을까
깜깜한 밤에 눈을 감은 채로 길을 걷는다
어둠과 어둠이 만나
아무것도 보이지 않는 길
한 발짝 조심스레 내디디며
더듬어보는 나
마음속으로 도와달라고 외쳐보지만
아무도 듣지 못한다
빛은 어둠을 만나야 진가를 발휘하지
무엇인가를 태우고 싶은 마음이
어둠을 만난다
이 마음에 작은 초 하나를 켜두자
환해진 마음이 별처럼 빛날 수 있게

불청객

폭염이었다
보고 싶은 마음 하나로
너에게 달려갔던 날은

차가웠었다
너에게 건넨 마음이
산산이 부서진 날은

네 손을 잡고

사는 게 참 녹록지 않더라
마냥 어른이 되고 싶었던
어린 시절의 나는 커버린 키만큼이나
순수함을 잃은 지 오래되었고
이 삶 더는 살 가치가 없다며
고개를 젓는 일이 많아졌지

이미 멀리 와 버린 거야
아픔도 느껴지지 않는
무감각의 어디쯤이라
우주의 공간에서 허공을 바라보게 돼

그런 나에게 너는 반짝이는 별이 되어
희미한 불빛으로 나를 비춰주었어
그 불빛으로 살아가는 난
그래도 살 수 있다고 살아야 한다고
네 손을 잡고 여기 서 있어

가면

가면을 쓰는 사람은
가면을 쓰는 사람이 보인다
외로움을 느끼지 않는 사람이라고 했다
어쩌면 당신은
누구보다 외로움을 느끼는 사람
외롭다고 인정해버리면
다 무너질 것 같아서
이를 악물고 주먹 쥐며 버텼던 삶이
와르르 무너질까 봐

그래
당신은 외로움을 느끼지 않는 사람

줄

한 사람이라도
잡고 있는 줄을 놓으면
그 관계는 끝인 거야
난 끊어진 줄을 잡고
계속 서 있는 거지

비가 와서

비가 와서
너를 만나러 가고 싶었다
함께 어딘가로 떠나고 싶었다
너는 비 오는 피렌체의 거리를
걷고 싶다고 했다
매 순간이 선택이며 용기인 것 같다
적어도 한 발짝 떼는 것이 두려워
시작조차 하지 못하는 나에겐
그래서 우린 만나게 될까
우리의 운명은 무엇일까

좋은 사람

우리가 연인이었을 때
당신은 나에게 좋은 사람이었고

더는 인연이 아니었을 때
당신은 나에게 좋은 사람이 아니었다

끝

네가 궁금해도
더는 널 궁금해하지 않을게
습관처럼 너를 찾는 내 모습을 본대도
찾지 않을게
우린 시작일까 끝일까 생각해봤어
아프게도 우린 끝이 되었고
시작하지 못한 그림 그리기를
이젠 멈추려고 해
네가 없어도 난 너를 그릴 수 있지만
널 그렸던 수백 장의 도화지는
이제 내게 찢어진 종이일 뿐이야
빈 도화지만이 남아있어
한 번쯤은 나를 떠올리며
후회하기를 바라는 걸까
시간이 아주 흐르고 나서
꺼내 볼 수 있는
추억의 한 조각이 된다면 좋겠어
지금의 아픔이 오래 머물지 않길

통화목록

통화목록이나 문자 메시지
핸드폰에 들어 있는 어떤 거라도
그날그날 정리하는 습관이 있다
정리되지 않은 채 가득 차 있는 기록들이
꼭 내 머릿속 같아 복잡한 게 싫었고
깔끔하게 정리를 해둬야 마음이 편했다

처음으로 너에게 전화가 왔다
평소와 다름없이
통화목록을 정리하러 들어가 봤는데
네 이름이 가장 위에 떠 있는 것이다
난 그날도
그다음 날도
통화목록을 정리하지 않았다

오래 걷고 싶어요

제게 확신을 주시네요
저는 무엇을 드려야 할까요
수학의 공식처럼
마음을 증명해낼 수 있다면
밤을 새워서라도
당신을 풀고 싶어요
그렇게 알아가고 싶어요
성급한 제 성격도
느린 당신 옆에
보폭을 맞춰 걷고 싶네요
오래 걷고 싶어요
새벽의 광화문은
어떤지 내게 알려줄래요

응원합니다

당신을 응원합니다
이게 무슨 뻔한 소린가 싶겠지만
당신의 마음을 덮어줄 수 있는
여름날의 이불이 된다면 좋겠습니다
그동안 얼마큼 아파왔는지
저는 다 알 수 없습니다
이해한다는 말은 얼마나 공허하고
의미 없는 것인지
때로는 묻어두는 식의 말이 되는지
이해는 애초부터 모순을 갖고 태어난 건지
당신을 응원한다고 하는 것은
오장육부의 모든 힘을 쥐어짜
모기 같은 목소리로 뱉는
흩어진 메아리일 수도 있습니다
당신을 응원하는 제가 여기 있다는 것만
잊을만하면 다시금 생각나
미소가 머금어지면 좋겠습니다
저는 어느 가을에도 모깃소리에
잠을 이루지 못했습니다

나무가 하는 인사

너구나 어딜 그렇게 가는 길이야
아 너를 만나러 떠난다고
겨울에도 왔었는데 또 보네 우린
전보다 성숙해진 모습 보기 좋다
나도 이만큼 잎이 자라났어
그땐 부끄러울 만큼 아무것도 없었는데
초록 옷을 입었어 잘 다녀와
지금의 평온과 행복을 놓치지 말고
뭐든 나중으로 미루지 마
너의 건강과 행복 소소한 기쁨들 말이야
소중한 건 눈에 보이지 않아
사랑하는 마음 누려야 할 오늘의 봄
떠나고 나면 돌아오지 않을 일들이야
하루하루가 처음 겪는 날이라면
조금은 서툴러도 되지 않겠어
소중한 것들을 놓치지 않는 네가 되길
내년에도 이 자리에 있을게
어쩌면 내후년에도
영원의 시간 속에서

예쁜 마음

예쁜 마음을 지닌 사람은
그 마음을 나누고 싶어 한다
온수 같은 마음이 자꾸만 흘러서
언제 그랬는지도 모르게 주위가 따뜻해진다
아픔을 아는 사람은
다른 사람의 아픔을 들여다볼 줄 안다
가볍게 지나치지 않고 가던 길을 멈춰서
살며시 손을 잡아준다

상처 난 마음을 자꾸 꿰매려 하다 보니
실밥이 이리저리 튀어나오고
볼품없어진 모습으로 힘없이 서 있을 때
따스한 손을 잡아 주는 것
때로는 어떠한 위로의 말보다
한 번의 포옹과 따뜻한 손길이
더 큰 위로가 된다

사랑이었어

더 주지 못해서
발을 동동 굴렀던 적
이러면 부담스러울까
저러면 내 마음이
부족해 보이지 않을까
너는 미처
다 알지 못했겠지만
너를 생각하는
이 마음조차
내겐 사랑이었어

퍼즐

어쩌면 나는
삼천 피스 퍼즐을 놓고서
그 한 조각을 바라보며
너를 안다고
말한 거였을지도
모르겠다

겨울

겨울을 기다립니다
겨울 같은 당신이
나에게 내리면
그걸
봄이라 하겠습니다

박장대소

엄마는
내가 밥만
잘 챙겨 먹었다고 해도
박장대소를 한다

한 걸음 더

사랑에 실패한 게 아니라
운명에 한 걸음 더
가까워진 거라 생각해
벌써 세 걸음이나
가까워졌어

우선순위

남에게 좋은 사람 말고
나에게 좋은 사람이 되면 돼

()에게

겨울쯤 편지를 쓴 것 같은데 여름이 지나
가을이 오려고 하는 걸 보니 시간 참
빠릅니다 무소식이 희소식이라지만 그간
많이 아팠다는 것도 일어날 힘이 없어
헤맸다는 것 알고 있어요 이젠 눈물을 닦고
일어날 힘이 생긴 당신이라는 것도 알아요
어쩌면 우리는 자신을 조금씩 뒤로 미루며
소중히 여기지 않았을지도 몰라요 남한텐
그렇게 관대하면서 자신에게 왜 그렇게
엄격했던 건지 용서를 구해야 해요 오직
당신을 위해 예뻐해 주고 다정히 대해주세요
우리 그럴만한 가치가 있는 사람이에요
좋은 꿈 꾸기를 자고 일어나 새로운 아침을
맞이하고 잔잔히 미소를 지어보기로 해요

최료

『장미는 가시가 있고, 나는 시가 읽지』

당신이 저버린 담벼락에서
사랑 같은 것들도 등 돌릴까 봐
한가득 장미를 안았다.

온몸에
붉은 시가 흘렀다.

2022. 가을

사이

역과 역 사이에는 항상 그리움이 달리는 중이었다
시와 시 사이에는 항상 초조함이 둘러쌌고
분과 분 사이에는 항상 떨림이 가득했고
초와 초 사이에는 항상 웃음이 끊이질 않았다
나와 너 사이에는 항상 어떤 것도 가능했었지

민들레

그녀와 같이 걸을 때면
가끔 그녀의 사고를 놓친다
그러다 어느새 그녀는
내 시야에서 사라진다

주위를 살피며
그녀를 찾다 보면
꺾어온 민들레와 함께
그녀는 내 앞에 나타난다

그러고는 자랑스럽게
후 하고 민들레 씨앗을 분다
바람을 등지고서는
우리는 씨앗이 멀리 퍼지기를
함께 응원한다 또 바라본다

그녀의 불규칙한 움직임에서
아주 가까운 태동을 느낀다
날아가는 씨앗 하나하나에
우리의 지난날들을 담아본다

아 우리의 봄날이 간다

초승달

손톱만 한 마음으로
너를 바라보고
손톱만 한 마음으로
너를 생각하고

너는 손톱을 기르고 길러도
자를 생각이 없어 보여
그게 너의 마음인가 하고

난 그저 잘라진 손톱을 가지고
밤하늘에 걸어봐도
느껴지는 이질감이 없길래

달만 한 마음으로
당신을 생각하고
달만 한 마음으로
당신을 바라보고 있어

포옹

너의 펜을 주우려다
허리를 구부렸더니
내장들이
하나둘
튀어나왔다

너는 소리를 가둔 채
내 눈을 가리며 덥석
나를 안아주었다

툭 툭
떨어지는 것은
붉은 피
그리고
검은 액체

나는 숨을 삼킨 채
네 눈을 가리며 꼬옥
너를 다시 안았다

복숭아

복숭아를 삼킨 나는 누구지
나는 복숭아가 됐어
저녁을 굶었더니
살아남은 나는
복숭아가 됐어
내 엉덩이는 내 얼굴이고
내 털은 복슬복슬해 아직도
피부는 마치
좋아하는 사람을 본 것같이
발그레 보이는 게
귀여우면 좋겠다
아니 귀여워하지 마
난 고작 복숭아니깐
너도 나를 삼켜
나와 같은 복숭아가 돼볼래

황도

단 건 몸에 안 좋대

달콤한 건 꼭
안 먹어봐도 알 수 있어

이리 쳐다보고
저리 맡아보면 되지

딱딱한 복숭아가
용기 속에서 물렁해질 때
나를 불러줘

설탕에 절여지면
확인해 볼게

설탕에 절여진 마음
설탕에 녹아든 마음

노래

밤에 듣던 노래를
낮에도 이어 듣는 건
어제가 그리워서인지
당신이 보고 싶어서인지

산책하던 여름밤은
하루 이틀 딱 그뿐이어서
작은 불꽃만큼 소중히 여겼다

같이 듣고 싶은 이어폰을 꺼낼 때
기다려주는 당신의 마음이 참 예뻐서
볼륨을 크게 올리다 혼난 다음
말소리는 들릴 만큼의 소리로 줄인다

당신과 걷던 공원에는
우리의 발자국뿐만 아니라
당신과 걷던 거리에는
우리의 속삭임까지 숨겨두었지

비

비가 벗기는 모든 옷이
사실 나는 두려워
앞으로 솔직해져야지
하는 모든 말을
거짓으로 발음해 보아도
비가 벗기는 모든 옷은
진실처럼 보이니깐
아주 잠깐이라도
비가 그쳤으면 좋겠어
얼른 도망가야지
금방 없어져야지
모든 진실 속에서 사라지려면
우산을 써도 안되니깐
그저 사라지는 것처럼
살아가야지

칠월

거리는 멀었고
거리를 걸었다

장마는 못 피하고
금방 젖었다

축축해져 버린 양말은
사랑한다는 말을 대신해

밤사이 마르지 못한 우산은
미안하다는 말을 대신해

언제 비가 왔냐는 듯한
다음날의 햇빛에

맨발은
어제의 들끓던 흔적이 되고

접힌 우산은
어제도 풀지 못한 불안이 되었다

여름은 칠월이었고
칠월은 여름이었다

남이섬

자연스러운 햇살은
저들의 선크림과 함께 포개졌고
미인을 찾기 바쁜 형제들의 눈동자는
어딘가 모르게 어디를 보는지도 모르게
끊임없이 흘러가는 강과 함께 줄기가 되었다

더러운 물에 가득히 담가버린 머리와
치가 떨리는 추위에 소름 돋은 다리가
겪어보지 못한 날씨와 속도에 익숙해질 때쯤
'빠져있는 곳은 정말 빠져있는 곳인가'
궁금해서 입 밖으로 외쳐보기도 했었는데

그래도 생각나는 건 당신의 목소리와
그래도 떠오르는 건 당신의 얼굴뿐이어서
나는
빠져있는 곳은 정말 빠져있는 곳이겠거니
하고

더 깊은 잠수를 마다하지 않았다

서핑

너울과 맞서는 건
대단히 용감한 짓이야

우린

총 대신 보드를 집었고
전투복 말고 슈트를 챙겼어

격전지는 동해 어느 바다

'자 이건 게릴라 전투야'

너는 내 손을 놓은 후
리시를 확인하며
재빠르게 바다로 뛰어들었지

이제부터 내가 보는 건
너의 젖은 머릿결과
불안한 네 뒷모습뿐이겠지

이제부터 네가 보는 건

저기 저 너머에서 오는
격랑의 연속뿐이겠지

그래도

부서지는 파도를 기다리는 건
꽤 설레는 일이야

우리 앞에 파도가 들이쳐도
수평선을 지키는 건
사랑뿐이니깐

그래도

스크린만 한 파도를 바라보는 건
꽤 들뜨는 일이야

우리 앞에 파도가 들이쳐도
수평선 끝에 남아있는 건
우리뿐이니깐

새벽

길어지는 전화에
달은 공간을 나누어
한쪽에 나를 두고
다른 쪽에는 시간을 품었다
저쪽에 있는 너를 두고
다른 쪽에 있는 시간을 내줬다
아쉽게 시간은 반대편이었지만
우리는 같은 마음으로 응원했다
우리는 다른 마음으로 울었었다

계속되는 말소리에
시간이 우리 편이 되기 전
태양의 잔열은 어린 새를
먼저 태우고
태양의 배려는 어미 새를
일찍 깨웠다

쉴 새 없이 쪼아대는 새소리에
다가왔던 잠은 죽음처럼 미뤄졌고
다 왔던 내일은 벌써 오늘이 되었다
기계음은 변하지 않으려 애썼는데
우리는 변해보라고 시간을 내줬다

팽이

어린 소년이
팽이를 치다
잠이 왔나 아님
배가 고팠나
그냥 뒤돌아서 가더라

팽이는
주인을 잃은 채
열심히 돌더니
회전을 잃어가며
열심히 멈추더니
얼마 못 가서
땅속으로

얼마 안 가서
땅속으로

풋사과

과장되게 웃어보는 신도가 되어버린
어리숙한 청년은 아직 죄를 씻지 못하였다

쫓아가는 믿음은 쫓기듯 날아보는 의심과 다르게
주어진 권리를 남용하는 이기적인 단어

신선한 정욕을 온몸에 뒤집어쓰고 돌아오는 길에
곳곳에 보이는 빛의 샤워는
자국마저 포기한 듯한 영롱한 구절과 같은 것

오늘도 잡지 말아야 할 손을 내주었고
쥐지 말아야 할 손목을 물어버렸다
어디 갔나 고픈 손목의 주인은
어디인가 가득한 손의 위치는
누구인가 내 목의 주인은

이제야 발견한 기를 대로 길어진 손톱과
따갑지 않았으면 하는 발칙한 상상
그래도 먹지 못한 풋사과가 남아있어
애써 눈감아보는 열 가지의 부속품
간뇌 사이사이에 꼬집혀있는 작은 단어를
꺼내려다 다시 접어둔다

가족

우리는 신을 믿는다
모두 다 같은 신을 믿었다

나와 동생은 과학도 배웠다
그래도 신을 믿었다

엄마와 아빠는 신을 믿었다
인간을 믿는지는 모르겠지만
그래도 신을 믿었다

그래도 우리는 신을 믿는다
그리고 우리는 우리를 믿었다

일요일

주일에 찾아오는 너는
덜 익은 바나나 같아
거절할 수가 없어

그래도 오늘은
회개를 마저 해야 돼
지금이 아니면
이번 주는 더 힘들 거야

모든 숲의 울음들이
아직도 속에 남아있어

성찬식을 기다리고 있어
들키고 싶지 않아

내일로 미루면
다음 주에 더 많은
때를 씻어야 하니깐

더 익을 때까지
기다리는 수밖에

기념관

기념관에 들어섰다
아니 그곳은 예배당이었나

거기 앉은 사람들은
모두 다른 걸 믿겠지만
난 같은 마음을 찾는 중이었다

값비싼 대형 스피커는
어디서 듣던 노래를 내뱉어서
이어폰을 뺄 수 없었다

이제부터 집중해야 한다는
교수님의 말에

교수님,

포기할 수 없는 귓가만 잡아둘래요
내 마음은 내버려 둔 지 오래니
마음대로 가져가세요

서운해하지 마세요
마음이 전부니깐
가져간 걸로 퉁쳐요

달빛 샤워

늦은 밤 규칙적인 가로등보다
매일 변하리라 다짐하는 달을 보고
모든 죄를 씻어내기로 약속했다

나의 눈물은 달과 빛나는 별이 되고
굳은 자국은 우주까지 가는 길이 될 테니
그는 조금 더 울어도 된다고 했다

햇빛은 환희보다 절망에 가까웠으니
숨어지내는 커튼은 동굴이 되었고
달빛은 절망보다 환희에 다가갔으니
숨어지내는 커튼은 동굴이어도 좋았다

그가 확인시켜주는 유일한 시간에
감당할 수 있는 것을 찾을 수 없어
그가 내리는 달빛에 알몸으로 나와
우주를 맞이하며 고백을 외쳤다

빛의 발자취

빛이 살아있어서 아직은 푸르렀다
죽고 난 빛이 남긴 것이라고는 검은 잎이었다
사라지지 못한 빛의 영혼은 수없이 떠돌다가
어느 한 가로등에 잠식하였다

그 아래 젊은 커플은 생명의 키스를 나누었고
그 뒤에 오래된 부부는 의심 없는 팔짱을 나누었다

빛이 살아남아 구경했던 사람은 사랑뿐이었나
가로등에서 나와 달빛이 되어 변하더니
빛이 남아있어서 아직은 푸르렀다

물고기

심해에 있던 나를 떠올렸던 것은
어느 날에 밝았던 밤도 아니었고
잘나가던 선장의 그물도 아니었다

내가 살던 바다에는
항상 긴 손톱을 하고
떨고 있는 손이 담겨 있었나

매번 외면할 수 없어
모른 척 손을 꽉 붙잡고
펄떡여보니

온통 젖어있는 당신이
울고 있었다

땅콩크림라떼

따가운 목에 부드러운 울음이
툭
소리를 외쳐보지만 결국 돌아오는 것은
들릴 리 없는 후회의 메아리

뒤틀린 목소리에 따듯한 여유가
획
잠을 청해보지만 머릿속을 스쳐 가는 잔상들
틀릴 리 없는 어제의 메모리

어설프게 뱉어대는 잔기침들 사이
숨겨진 영혼이 있다면
그것은 아마
지키지 못했던 약속들의 안식과
지켜야 했던 결의들의 떼죽음

후드티와 짧디짧은 그림자를 삼킨 정오의 날씨에
서늘한 밤공기에 짙게 밴 풀냄새 떠올리는 것은
기특한 발상도 아닌 짧은 밤을 회상한다는 증거
크림 라떼에서 카페인보다 땅콩을 구걸한다는 착각

생명체

하루 종일 누워있다
기숙사의 작은 창문으로
떠다니는 구름만 쳐다봤다

자유롭게 떠다니는 구름의 영혼이
부러웠다
구름은 가만히 있는 나의 육신을
부러워하려나

채도가 바뀌는 하늘만
그저 움직이며
그저 가만히 있는 존재

구름도 하늘을
나도 하늘을
그리워하는지도 모르겠어

눈동자로 정해둔 구름이
시야에서 사라지면
또 다른 구름을 찾는
나는 어설픈 생명체

눈앞에 있는 하늘을 내버려 두고
또 다른 구름을 찾는
나는 영악한 생명체

고고한 하늘의 파편보다
어쩌면 자유로운 존재가
마음을 더 훔쳐 가는데

그래도 하늘을 사랑할 수 있는
나는 변덕스러운 존재

구름만 바라볼 수도 없고
하늘만 바라볼 수도 없는
나는 이기적인 존재

어쩌면 나는 합리적인 생명체

딸기 노을 에이드

딸기를 갈아 넣은 하늘에
초코칩들은 모두 갸륵해
달콤한 마비는 혀를 녹인 후
곧이어 멀어지는 것은 눈이지

벌컥벌컥 다 마셨어
그게 가을이기 때문에

빈 컵에 남아있는 건
신이 버린 흑막과
조각나버린 코코아 가루

넌 그걸 이 세계의 밤이라 불러

내일 또 이 시간에 주문하면
카페 주인의 얼굴도 모른 채
금방 오늘의 첫 잔을 만들어져

빈 컵을 좋아하진 않았는데
빈 잔 사이에는 어떤 일도 일어나서
딸기는 석류든 사과든 블루베리든
상관없어 이제

슬픔은 진주로

슬픔을 꽤 좋아해
진주를 만드는 너의 눈동자에서
내가 보는 것은 미래야
슬픔은 꽤 사랑스러워
진주가 되는 너의 눈빛은
가끔 약해지는 느낌이야
슬픔이 꽤 멀었으면
진주가 돼보려는 나의 눈망울을
훔쳐 갈 수 있었겠지

벌룬

마음껏 부풀어 올라
터지기 전까지
하늘로 올라가기 전까지
마음껏 커져 봐라

너와 함께 부푼 마음으로
나는 벌써 쿠바까지 갔다
거기에는 열기구도 엄청 많다는데

너보다도 엄청 큰 열기로 가득한
나보다도 엄청 큰 열정으로 넘쳐나는

너와 함께 꿨던 꿈으로
나는 벌써 천국까지 갔다
거기에는 죽은 자들도 웃고 있다는데

벌써 바늘을 가지고 대기하는
어린 광대가 웃고 있을 줄은 몰랐는데
지옥을 지키는 자 검은 옷을 입고
여기까지 따라올 줄은 전혀 몰랐는데
너 안에 가득 찼던 헬륨은 어디로 가고

너 안에 가득 찼던 질소는 어디로 가고
어쩜 처량한 실리콘만 남고
어쩜 초췌한 무늬만 남기고
너는 어디로 날아갔니
너는 어디로 날아가니

운동장

쉼 없이 달린다
땀방울이 하나씩 느껴진다
발바닥에는
비집고 살아남은 모래알이 가득하다
달릴수록 떨린다
땀방울이 사실 시원할까 봐
달릴수록 불안하다
모래알이 사실 가시일까 봐

넌 언제 내 방에 들어와
땀방울로 흘렀고
넌 언제 내 틈에 들어와
모래알이 되었지

혹시 넌 가시가 되진 않더라고
분명히 알고 있었지
언젠가 나는 피를 흘리게 될 거라고

시랑 가시

한 손에 꽉 쥔 장미
한 손에 꽉 찬 시집

따가운 가시와
뜨거운 시가
남겨놓은 붉은 피

그녀가
가져간 것은 장미였고
그녀가
남겨놓은 것은 시집이었으니

장미는 가시가 있었고,
나는 시를 읽었지

그녀가
남겨놓은 것은 가시였고
그녀가
가져간 것은 마음이었으니

장미는 가시가 있고,
나는 시가 읽지

분수

나아가지 못해 머물러있는 자리에
남아있는 것은 당신의 그림자와
계속해서 떠오르고 끊임없이 떨어지는 분수가
있었고

다가가지 못해 머물러있던 자리에
살아있는 것은 당신의 자국과
멈출 줄 몰라 폭발하듯 질주하는 분수가
있었지

우리가 함께 보던 푸른 잎에
서서히 피가 묻어날 무렵
당신은 햇살과 같이 가을이 되었고

우리가 함께 앉던 벤치에
여전히 연인들이 부대낄 찰나에
당신은 가을과 같이 분수가 되었네

해바라기

동네 화원에는
겨울에도 피어있는
해바라기가 있어
얼려져 있지

너를 가져다주려
손을 대봤는데
금방 녹더라

너에게 가져다줬다면
넌 금방 녹았을까

진심이 다 한 시

사랑은 무슨 모양일까
아주 완벽한 원?
아니면 흔한 heart?

우리는 무슨 모양일까
아주 완벽한 구?
아니면 흔한 couple?

진심은 어떤 말을 담았을까
진심 안에는 무엇으로 채워져 있을까
진심 밖에는 누가 지키고 있는 걸까

우리는 어떻게 진심을 확인했고
우리는 어떻게 진심을 담았었지

우리는 어떻게 서로의 눈빛을 건진 걸까

진심을 반으로 나눴더니
한쪽은 온심으로 가득하고
다른 쪽은 반심뿐이던데

그래서
그래서

당신은 반심만 남겨놓고
그렇게 발자국만 보여줬나요

당신은 온심만 챙겨가서
이렇게 흉터만 남겨줬나요

고백

우리의 숫자는
영원 앞에서 무의미하니깐
더 이상 숫자놀이는
그만하자

우리의 영원은
결국 진짜 영원 앞에서
멸망할 거니깐
더 이상 사랑놀이는
그만하자

우리의 우리는
결국 진짜 사랑 앞에서
사라질 거니깐
더 이상 문자 놀이는
그만하자

우리

우리는 갇혀있는 것에 익숙해
우리는 우리 안에 갇히고
우리는 우리가 되었지
우리는 우리를 가두고
우리는 우리가 되었지
우리가 우리가 되었으면
우리가 우리가 되는 일도 없을 텐데
우리는 우리가 되지 못해
우리는 우리가 됐어
우리는 우리가 되었으면
우리 안에 우리는 있었겠지
우리 밖에 우리는 없었겠지
우리는 우리밖에 없었겠지
우리는 우리밖에 몰랐겠지
우리는 우리 안에 없었겠지

10월에

길 건너
간판이 보이지 않는 카페에는
연인들이 벽기둥에 눌어붙어 있었다

기둥보다 더 큰 서로를 껴안고 있느라
커피가 식는 줄도 모르고
얼음이 녹는 줄도 모르고

이슬이 맺힌 에이드를 들이킨다
앞에서 포크는 케이크를 공격한다

에이드 한입
케이크 한입
밀크티 한입
케이크 한입

두 손은 다시 책을 집고
두 눈은 다시 길을 건넜다

간판을 잃은 가게에는
여전히

연인들이 연인같이 있었다

우리 이 골목을 지나자
함께 내일을 맞이하는 거야

작은 길,
어제와 내일을 가로지르는 길
우리가 오늘 그토록 원하는 길

밀크티는 밍밍해지고
케이크는 무너져갔다

백팩

형체를 잃은 백팩은
경계를 잃은 선과 비슷해

원래 백팩은
책을 넣는 곳 아닌가

만나러 가는 길
가방 안에는 한 권의 책도
들어있지 않았지

내용물들은 마구마구 엉켜져 있고
백팩은 사라지고 있었지

가방 안엔
말 못할 것들로 가득 찼고
가방 밖엔
말하고 싶은 비밀들이 가득했지

빨래

널 잃어가는 와중에도
더러웠던 밤을 빨아내고
슬퍼했던 새벽을 널어놨다

널 잃어가는 와중에도
흉터를 미화하여
티브이 아래 액자같이
조심히 간직해 놓을걸
아니면 보이지 않는 서랍 속
무심히 던져놓을걸

조성권

『단어의 모험』

'단어의 모험'
단어를 통해 다양한 모습들을 볼 수 있는
모험 같은 시간이 되셨으면 하는 마음에서
담박하기도 촌스럽기도 한 표현들로
단어에서 느낄 수 있는
짧은 이야기를
담았습니다.

2022. 가을
조성권

당연

당연하다고 느끼는 것에
누군가의 노력을 볼 수 있다면
그걸로 작은 행복을 느낄 수 있고,

그 작은 행복이 모여
다시금 일상으로 돌아갈 수 있는 존재.

적당

세상에서 가장 어렵기도 꼭 필요한 단어
수만 가지의 적당함과
나에게 필요한 한 가지 적당함

늘 고민하고 생각해 보지만
늘 새롭고 모험 같은 단어.

자연

다 알 수는 없지만
어떤 이유로 묵묵하게 순환하는 존재

우리는
신으로 보기도,
두려움으로 보기도,
아름다움으로 보기도,
그리고 여전히 알고 싶은 존재.

나

또래를 넘어,
자기 자신에게 의미를 부여해야 하는 존재

시간이 주는 경험과 생각,
그리고 마음을 짓다가

누군가의 기억으로 남을 존재.

우리

같다고 착각하고 시작되어
오해로 서로가
단단해지고

엇비슷함으로
다양한 모습으로
또 다른 모습으로
이해되어 가는 존재.

세상

다 안다고
생각이 들 때도
다 모르겠다고
생각이 들 때도
그 사이를 오가며

돌아가고 이해되는 존재.

꿈

인생에서
한 번쯤은
마주하는
괴물이기도
착각이기도
전환점이기도

붙잡고 있으면
결국 영원하게
삶의 이유가
희망의 실마리가
되는 존재.

산책

어느 날
한 어른과 함께
산책에 나섰다

그 어른은
풍경에 대한 느낌
계절의 변화
예전에 있었던 일에 대해서
말씀해주셨다

산책으로 이전과는 다른 세상에 온 듯한,
또한 보이지 않던 풍성하게 존재해왔던
세상을 볼 수 있는 존재.

나와 우리(세계)

다르니까 함께해야 하고
불완전하다고 느껴야 성장할 수 있으니
질서와 자유 사이에서 고민하고

다양해야 새로운 시선으로
더 넓은 이해로 갈 수 있으므로

나와 우리를 통해
어제와 오늘, 미래를 볼 수 있는 존재들.

기도

시간이 갈수록
늘어가는 소중한 존재를
지키기 위한 간절한 행위

처음엔
나였다가
우리였다가
잘하려는 일이었다가
잘하게끔 도움을 청하였다가

마음을 짓기 위한 존재.

낙엽

제 길을 가기 위해
오랫동안 머물렀던 곳에서
새로운 곳으로
갈 준비를 하였고

그때가 왔다
저마다 다른 길로
알 수는 없지만
선택한 대로 가고 있다

결과는
아무도 알 수 없지만
수많은 길을 걷게 된
나와 다른 낙엽에
무운을 빌 뿐이다.

들풀

어느 들녘에는
아무도 모르는 들풀이
이곳저곳 피어나 있다

평범하기에
그 누구도 불안해하는 이가 없다
다만, 옆 들풀이
무엇 하는지만 궁금할 뿐이다

얼마나 하는지
얼마나 사는지
얼마나 힘든지

점점 더 악취에
취해 위안받는다

다만, 그것이 가장
안전한 길이고 현명한 길이다.

들꽃

저마다 노력 끝에
꽃을 피우게 되었다

그 모양은 제각각이지만
마치 화엄의 세계에
있는 듯이 조화롭다

어떤 꽃은 붉어서
어떤 꽃은 파래서
어떤 꽃은 노르스름해서
어떤 꽃들은 크거나 작아서

그것만으로 이유가 충분히다

아무리 누군들
무엇하냐고 말하지만
그걸로 족하다.

솔잎

항상 푸르기만 해 보이지만
자세히 들여다보면
그 안에서도

지는 잎 피는 잎
떨어지는 잎
피어나는 잎
각양각색의 모양에
잎들이 있다

다만, 멀리서 보기엔
항상 같아 보이기에
묵묵히 사는 것처럼 보인다.

시간

시간이
아이를 어른으로
어른을 아이로
젊음이 늙음으로
늙음이 젊음으로
뒤죽박죽이지만

막상 원했던 것을
마주했을 때보다
그것을 위해 노력했던
시간이 귀하게 느껴진다

무엇을 그리 노려보고
잘살고 있는지
감시하지 않아도
시간은 그 누구도 아닌
나를 만들어낸다.

아이와 어른

아이는 어른이 되고프나
어른이라는 단어에
멈춰 있는 듯하다

이전에 들었던 잔소리의 의미가
달라지면서 누군가에게 베풀 준비를 한다
끊임없이 베풀어야 나에게
화폐가 주어진다

그 화폐는 나를 지킬 무기이기도
그 화폐는 나를 소모시켜야 하는
적이자 동반자이다

다만, 그래서 더 많은 일을
마주할 수 있었다.

물결

어느 날
바닷가에 나서서
너스레 앉아 파도라는 물결을
마주하고 있었다

쉴 새 없이 밀려오는 물결은
저마다 소리를 달리하며
사라진다

그리고
저마다의 모양으로
사라진다.

물

어느 산골짜기 깊은 곳에서부터
시작하여
작은 강, 큰 강, 호수, 저수지, 댐
긴 여행 끝에
바다에 도착했다

그곳엔
그동안 보지 못했던
이런저런 모습을 볼 수 있었다

그리고
짜디짠 내음도, 꽉 차서 숨이 점점 더
쉴 틈도 없이
큰 물결에 떠밀려 간다.

촌스러움

누구에게 있는
진솔에 가까운 모습

언젠가부턴
세상에 세련됨이
필요할 때도
가장 진솔한 모습의
촌스러움이 필요할 때도

촌스러움을 알아줄
한 사람이 필요하단
생각도

촌스러움이 나를
찾는 한 가지 단서처럼 느껴진다.

세련

내가 존재하기 전부터
갈고 닦은 어떤 형식
나에게 필요하지만
가짓수가 너무나 많다

그래도 함께하기 위해
그것을 배워간다
어떤 이는 이것이
어떤 이는 저것이
어떤 이는 요것이
어떤 이는 거시기 머시기
어떤 이는 그 짝 저 짝

저마다 다른 세련을 만들어간다
세련은 늘 든든한 정답이다.

풍성

누군가에겐 정성으로
누군가에겐 다양으로
누군가에게 많음으로
채워져 가는 단어

마음에 풍성한
삶의 모습이 풍성한
글의 모습이 풍성한

풍성함으로
모든 이야기를 담을 수 있다.

새

나무에 앉아있는 새
무엇이 그리 바라보는지
그 모습이 꼿꼿한 사람처럼

눈치껏 그 새에 방향을 보니
파래서 보여지는 구름 한 점 없는
창공을 바라보고 있다

머나먼 끝도 없는 곳으로
자신만의 비행을 준비한다

어쩌면 이전부터
가려고 했던
무의식에 있는
가장 아름다운 곳으로.

꽃

크고 작고
넓고 좁고
단색이거나 다양한 색이거나
민무늬이거나 무늬가 있거나

누군가의 결실을 맺기 위한
가장 아름다운 시절

어떤 모습이든 부럽기도
또 다음은 무엇일까
궁금해지는 찰나

누군가의 결실을 맺게 해줄
바람, 새, 곤충, 비
다양한 조력자들이
그들에게 넘쳐난다

멋들어진 모습이
진해지는 순간이다.

열매

휘황찬란한 찰나가
지나고 하나둘씩
오므라들기 시작했다
자그마한 씨를 품다
누군가로 달콤한 과육을
누군가는 딱딱한 껍질을
누군가는 비상할 날개를
누군가는 헤엄칠 수 있는 지느러미를

저마다 개성 넘치는 모양으로
다음을 만들기 위해
조력자들을 기다리거나
스스로 고향에서 떠나
다른 곳으로 향한다

이제 다음을 말하러 가는 결실.

떡잎

남다른 떡잎
수만 가지 떡잎

누구는 잠시 노랗다가
누구는 잠시 웃자랐거나
누구는 잠시 검정색이었거나

신기하게도
그 다양한 시기들을 거쳐서
어른이 되지만
그리 다른 것이 아닌 함께를
위한 평범은 누구에게나 있다.

뿌리

알 수는 없지만
시간이 만들어낸
수많은 이야기 속에
흙이거나 물이거나
어떤 환경에서 주고받고
커가서 그 크기를 가늠하기도
어렵지만

어떤 뿌리는
감동을 주기도
어떤 뿌리는
새로움을 주기도
어떤 뿌리는
두려움을 주기도 한다.

줄기

작디작은 가지였던 그가
점점 굵어지더니 커다란 줄기가
되어버렸다

다만,
잎에 치이고
가지에 치이고
뿌리에 치이고

들어줄 것은 많아졌지만
내어줄 것은 줄어드는 아이러니
거세기만 느껴지지만
어쩌겠느냐 누군가는
넘어온 한 가지 찰나일 뿐이지.

나무

묵묵히 그 자리에서
햇빛을 가려두기도
잎을 피워 자라기도
뿌리를 늘려 자라기도
가지를 늘려 그림자를 만들기도

바람에 춤추기도
비와 눈을 막아주기도
여러 모습으로 보이는 나무

그의 속도대로 쉼 없이
성장하고 있다
그저 보이지 않을 뿐.

야생화

무엇 하러 이곳에 있는지를
무엇을 하려 뿌리를 내렸는지를
무엇을 하려 잎을 피웠는지를

알 방법은 없지만
어렴풋이 알 수 있는 것은
스스로에게 가장 아름다운 무엇인가가
나로 인해 피워낼 수 있다는
그 아름다움은 야생화일 때만
가능하다고 이름난 꽃들에게
그저 말하고 대화할 뿐

무엇이라고 말할 수 없는 시간을
견뎌내야 하는 운명이라
생각하고 기다리는 존재.

찰나

모든 찰나가 모여서
인생이 되고 삶이 되고
기억이 되고 추억이 되고
사랑이 되고 가족이 되고
우정이 되고 식구가 되고

찰나 찰나
다 알 수는 없지만
거기 안에서 나오는 이야기는
둘도 없다.

순간

순식간에 끝날 사이
이상하게도 순간은
늘어나기도 아주 좁아지기도 한다

누군가 옆에 있을 때 한순간이다
누군가 뒤에 있을 때 긴 순간이다
누군가 앞에 있을 때 짧은 순간이다

모든 순간은 다르게 기억되지만
그래서 풍성하게 되새김할 수 있는 시간.

지금

내가 알 수 있는 수많은 지금이
어제가 되고 내일이 되지만

내가
생각하고, 말하고, 쓰고, 듣고,
움직이고, 행동하고, 함께하고, 일하고
되새김질하며 다른 선택을 고민하고

선택의 연속이지만
내가 움직일 수 있는 유일한 시간.

어제

뿌듯하기도
후회되기도
아쉽기도
즐거웠기도
다행이라 생각할 때도

많은 감정, 일, 이야기를 남겼지만
많은 감정, 일, 이야기를 만들 수 있는
여전히 필요한 일을 다시 볼 수 있는 시간.

내일

알 수는 없지만
다음의 하루가
하루, 주, 달, 연이
꿈을 꾸게 한다

오래된 어제와 생생한 오늘,
알 수 없는 내일 중에
스스로 가장 빛나는 순간을 생각할 수
있어서,

다시금 살게 하는 시간.

오늘

이랬으면 저랬으면 하다가도
이래야지 저래야지 해야만
한다고 늘 다짐 속에 현재에
서 있다

그래도 마주할 수 있는
유일한 오늘
만지고 이야기 나눌 수 있는
너무나 감사한 단어.

전통

오래된 이야기
또는 어른들의 모습
그리고 알지 못하는 깊은 속에
존재하는 단어

시간을 써야만 알 수는 단어들로
채워져 있거나
아직 때가 되지 않아서 보이지 않은
모습이 있거나
아직 그것이 눈에 익지 않았거나
아직 이것이 보이지 않거나

여전히 묵묵히 쌓아가는 이야기인 존재.

질서

알게 모르게
어떤 규칙 속에서
현재의 문제를 함께
풀어내고 있다

때때론 너무 빨라서
깊은 상처만 남기지만
때때론 너무 늦어서
깊은 상처가 나기도 한다

하지만
평범이 주는 안정감은
다시금 일어나게끔 하는 존재.

자유

알 수는 없지만 필요한 것에
대해 이야기하기 위한 것

어쩌면 우리가 아닌 나만의 이야기를
위한 첫걸음인지도 모르겠다

평범하기에도 바쁘기도 하지만,
늘 한 번쯤은 돌아보는 단어.

달

저녁 하늘에
보름달은
꽉 채워져 빛난다
조금씩 조금씩 덜어내어
다른 이유를 채워나갈 준비를 한다

반달은
한쪽을 비워 빛낸다
한쪽만 빛나지만 그동안 보이지 않던,
부분이 돋보이기 시작한다

초승달은
최대한 많은 걸 비워내서 빛난다
새로운 시작이 다가오고 있다
유독 자신이 빛나고 싶은 부분만이 빛난다

그믐달은
이제 새로이 채워갈 준비가 되었다

아침 하늘에
달은 여전히 채우고 비우고
빛날 준비를 한다.

구름

어찌 저 허공에
유유자적하면서
제각기 다른 모습으로
갈 곳 정하지 않고
날고 있을까

무엇인지는 모르지만
그 뜻을 알 수도 없지만
무작정은 아닌 듯 보인다

조급하게 긴 여정을
끝내지 않길 바랄 뿐이다.

아주 잠시 동안 추억은 완벽했습니다

초판 1쇄 발행	2022년 11월 7일
초판 1쇄 인쇄	2022년 11월 7일

지은이	장윤정, 조윤희, 이영, 최료, 조성권
펴낸이	이장우
편집	송세아 안소라
디자인	theambitious factory
마케팅	시절인연
제작	김소은
관리	김한다 한주연
인쇄	금비PNP

펴낸곳	도서출판 꿈공장플러스
출판등록	제 406-2017-000160호
주소	서울시 성북구 보국문로 16가길 43-20 꿈공장 1층

이메일	ceo@dreambooks.kr
홈페이지	www.dreambooks.kr
인스타그램	@dreambooks.ceo

전화번호	02-6012-2734
팩스	031-624-4527

ISBN	979-11-92134-28-4
정가	13,000원